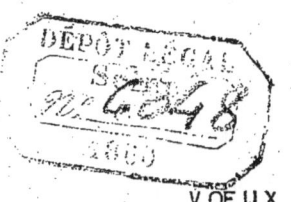

VŒUX ET CONSEILS DE SAISON

LA
CIVILISATION
DE NOTRE SIÈCLE

LA TÂCHE QUI LUI EST IMPOSÉE

POËME

PAR PHILIPPE BELLOT

SUIVI DE

L'HOMME A L'ÉCOLE DE LA VIE
OU L'IMMORTALITÉ DE L'AME
Petit Poëme du même Auteur.

PARIS

LIBRAIRIE LEDOYEN, LIBRAIRIE DE J. BRÉAUTÉ,
Palais-Royal, gal. d'Orléans, 31   Passage Choiseul, 26.

1860

VOEUX ET CONSEILS DE SAISON

LA

CIVILISATION

DE NOTRE SIÈCLE

LA TÂCHE QUI LUI EST IMPOSÉE

POËME

PAR PHILIPPE BELLOT

SUIVI DE

L'HOMME A L'ÉCOLE DE LA VIE

OU L'IMMORTALITÉ DE L'AME

Petit Poëme du même Auteur.

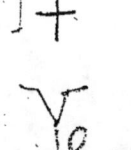

PARIS

LIBRAIRIE LEDOYEN, LIBRAIRIE DE J. BRÉAUTÉ,
Palais-Royal, gal. d'Orléans, 31   Passage Choiseul, 28.

1860

Paris. — Imprimé chez Bonaventure et Ducessois,
55, quai des Augustins.

PRÉFACE

———

Notre siècle, qu'on a raison d'appeler le siècle des lumières, est incontestablement lancé dans une carrière de progrès admirables, sous plusieurs rapports. C'est à pas de géant qu'il la parcourt, allant du connu à l'inconnu, éprouvant toutes choses et retenant ce qui lui paraît vrai et bon. S'il est possible qu'il puisse s'arrêter dans sa marche rapide, ce dont je doute fort, quand et où s'arrêtera-t-il ? *That is the question.*

Mais, hélas ! au milieu de tous ces réjouïssants progrès, notre siècle reste passablement prosaïque, aurifère,—si on peut ainsi dire,—et surtout égoïste.

Ne ferait-on pas bien de lui prêcher les contraires, partout où l'erreur existe et exerce son funeste empire? Que tous ceux qui sont appelés à répandre l'instruction, et qui ont à cœur la félicité du genre humain et la gloire de Dieu, lui prêchent donc l'amour, l'amour de Dieu et du prochain, l'œuvre pratique de cet amour, et, un peu aussi, la poésie.

En parcourant ce bout de préface on comprendra, sans doute, la double trinité de pensées qui m'a inspiré ce faible ouvrage, dont le contenu s'adresse non à un peuple particulier, mais bien à notre siècle, à l'Humanité tout entière.

P. BELLOT.

54, rue Ville-l'Évêque.

LA CIVILISATION

DE NOTRE SIÈCLE

———————◇◇◇———————

Grand Dieu, qui fournissez aux oiseaux la pâture,
De beautés, de bienfaits inondez la nature,
Qui, dans l'infinité du bel azur des Cieux,
Dirigez des milliards de globes radieux,
Subissant le pouvoir de vos lois éternelles,
Pouvoir manifestant vos bontés paternelles...
Ayez pitié de l'homme, et donnez aux humains
Souffrants, mourant de faim, quelques-uns de ces biens,
Dont savent s'emparer tant d'esclaves du vice !
— L'exclusif Égoïsme et sa sœur l'Avarice,
Avec l'Ambition et son frère l'Orgueil,
Plongent l'Humanité dans la mort et le deuil.
Accordant aux humains le don du franc arbitre,
Des immortels honneurs Dieu leur offre le titre,
Leurs actes méritants, ou leurs faits odieux,
En font de vils démons, ou des sortes de dieux.
Toute bonne action bien des fautes compense,
Et tout le bien qu'on fait aura sa récompense.
Le mépris des devoirs les actes criminels,

Peuvent être suivis de remords éternels.
Pauvre Société, que tant de maux désolent...
Peu d'êtres dévoués, peu d'amis te consolent,
Et le mal s'aggravant, augmentant tes douleurs,
Ne semble t'annoncer que de plus grands malheurs!
La cause en est connue; elle est au fond des âmes
Qu'un feu, sorti d'en bas, embrase de ses flammes;
Ce feu peut être éteint, par des moyens bien doux :
C'est l'œuvre des voyants et la tâche de tous.
Prêtres de l'Éternel, foudroyez donc le vice;
De votre trop d'argent faites le sacrifice,
Afin que votre exemple, aidé de vos discours,
Partout du bien à faire excite le concours.
Et vous, les grands du jour, que l'humble peuple encense,
Qui, regorgés de biens, vivez dans l'opulence:
Vous, qui faites les lois, vous qui nous gouvernez,
Et vous, qui bien ou mal gravement nous jugez;
Et vous, héros vaillants, qui mettez votre gloire
A conduire aux combats, de victoire en victoire,
Des masses de guerriers, de force obéissant
A des ordres, suivis par des torrents de sang...;
Vous tous, qui comme nous passez sur cette Terre
Et sans avoir connu la hideuse misère,
Du siècle heureux élus..., daignez penser un peu
A tant de malheureux qui n'ont ni feu ni lieu,
A tant d'infortunés, vos semblables, vos frères,
Que poursuivent partout les humaines misères,
Dont les tristes regards et les vœux impuissants

Rencontrent rarement des cœurs compatissants.
— Trop souvent, le démon des terrestres richesses,
Malignement, répand ses trompeuses largesses
Sur d'indignes mortels; et, son stupide trésor
Répond à leurs désirs, en leur versant son or.
O prodigue trésor ! ce qu'à plus d'un tu donnes
Suffirait aux besoins d'un millier de personnes.
Que d'êtres vertueux ne peuvent parvenir,
Malgré tous leurs efforts, à pouvoir se munir —
Et selon leur bon droit — du plus strict nécessaire,
Et se trouvent plongés dans l'affreuse misère...
Quand le Ciel, l'art, le sol et le travail unis
Fournissent, sans cesser, des bienfaits infinis,
Comment donc expliquer la profonde souffrance,
Qui règne ailleurs autant qu'elle sévit en France ?
Malgré cette abondance et ces biens superflus,
Les uns ont beaucoup moins, les autres beaucoup plus,
Que ce qu'il faut pour vivre, et vivre dans l'aisance;
Si la raison régnait, tous auraient l'abondance :
Mais, l'amour du prochain et la raison, hélas !
Sont des dieux adorés, mais qui ne règnent pas.
Leur triomphe pourtant, chose si désirable,
Accomplirait les vœux de cet être adorable,
Dont l'exemple parfait et les nobles discours,
De milliers d'orateurs sont les chères amours.
Son règne, détruisant les vices, les misères,
Les humains s'aimeraient en bons et dignes frères,
Cultivant l'union, la sainte charité,

Luttant contre le mal et toute iniquité,
Pour l'acquit d'une bonne et pure conscience ;
Chérissant le travail, les arts et la science,
Heureux, ils goûteraient les plaisirs et la paix,
Et le malheur banni ne reviendrait jamais.
Est-il un noble cœur, est-il une belle âme
Que l'amour, feu sacré, réchauffe, éclaire, enflamme.
Comprenant le salut, qui ne fasse ces vœux ?
O que tout l'Univers s'éclaire et soit heureux !
Ce règne de l'amour, divine charité,
Dans sa marche répand l'amour, la vérité,
Poussant le genre humain vers la mine féconde
En trésors, dont le Ciel enrichira ce Monde.
Les prodiges du jour, nos progrès étonnants,
Ces moteurs de son char, ces moyens surprenants
D'action, de progrès — à notre insu, peut-être —
Apportent leur concours au règne du grand Être.
A ce travail divin, nous devons concourir,
Pénétrés des devoirs que nous devons chérir
Et surtout accomplir, avec zèle et sagesse.
Ce que nous possédons, talents, vertu, richesse...
Il faut que tout concoure aux plus pressants besoins
Du grand œuvre, exigeant nos charitables soins.
Vous riches, grands seigneurs, grands esprits, potentats,
Vous qui pouvez changer la face des États,
Quand l'œuvre vous attend, vous devez, il me semble,
La comprendre et de cœur y travailler ensemble.
Un exemple accompli, de gloire étincelant,

Brille du haut d'un trône, autrefois chancelant,
Traité comme un objet que la misère écrase,
Faute, hélas ! d'avoir eu pour immuable base,
Ce bien être public, cette prospérité,
Où la France est poussée avec vélocité
Par les puissants efforts du monarque qu'elle aime ;
Qu'honore, affectueux, plus d'un pouvoir suprême...
Ses travaux, ses projets et ses guerriers exploits
Sont partout admirés des peuples et des rois...
Témoin les pures voix de la vieille Angleterre,
Et mille échos divers, plus prompts que le tonnerre,
Qui répètent partout la gloire des Français,
Qu'un commun intérêt lie au grand peuple anglais.
Vus de près, au grand jour, sans objet qui les voile,
L'un est comme le corps, l'autre comme la voile
Du vaisseau qu'un Dieu bon charge de transporter,
Dans tous les lieux du monde où l'on peut aborder,
Cette prospérité naturelle et bien bonne,
Que promet le savoir et que le travail donne ;
Qu'une religion, venant tout droit du Ciel,
Couronne d'un bonheur aussi doux que le miel,
Et promet tous les biens, que sa source féconde
Doit un jour, doit bientôt répandre sur le monde.
Que n'ai-je pour tracer et chanter leur louange,
Le crayon d'un Homère et la harpe d'un ange ?
Que ces nobles voisins, sans se brouiller jamais,
Nourrissent dans leur sein la plus solide paix ;
Que leurs efforts unis, bravant tous les obstacles,

Produisent des effets semblables aux miracles !
Déjà, tous les regards de cent peuples divers
Restent fixés sur eux, des bouts de l'Univers ;
Admirant, imitant, ils finiront, sans doute,
Par marcher avec eux, suivant la même route...
Mais, je laisse aux talents des plus dignes auteurs
Le doux soin d'esquisser des tableaux enchanteurs,
Que mes faibles pinceaux n'oseraient entreprendre.
Vous tous, à qui ma voix vient de se faire entendre,
C'est vers vous, vers vous tous, que mes regards inquiets,
De leurs feux suppliants dirigent quelques traits !
Le temps passe et la vie, humaine destinée,
A bientôt vu finir sa dernière journée ;
L'instant final avance et pourrait aujourd'hui
Vous emporter, tels quels, avec tout votre ennui.
Toute bonne action, qui vous fut proposée...
N'en fut-il pas par vous, plus d'une repoussée ?
Toute faute commise, et dont le souvenir
Peut troubler les instants d'un prochain avenir,
Sont une grande voix, que le vrai sage honore,
Qui vous crie : « Au travail ! à l'œuvre, dès l'aurore » !
Oubliez le passé, le temps qui fut perdu ;
Soyez tout aux devoirs, au bien, à la vertu.
Le temps passe bien vite, et l'œuvre qu'il faut faire
Est de votre salut la sainte et grande affaire.
Le reste de vos jours se déroule et s'enfuit... »
— On dit, que l'œuvre cesse en l'éternelle nuit ;
Que la crasse du vice et l'oxyde des crimes

Rongent, — rouille de l'âme, — à jamais leurs victimes ;
Que la peur, les soucis et les remords cuisants,
Au delà du tombeau, deviennent incessants....
On sait tout ce qu'a dit la vieille orthodoxie
Que le siècle présent a beaucoup adoucie :
L'esprit, — dit-il, — rayon d'un soleil éternel,
Impérissable fruit de l'amour paternel,
De l'Être tout-puissant, que l'Univers honore,
Que toute âme éclairée, avec amour adore ;
L'esprit, dit-il, sous l'œil du Suprême pouvoir,
Doit tout étudier, tout sonder, tout savoir,
Et, par-delà du cours des siècles et des mondes,
L'Éternel lui dira : « J'ordonne que tu sondes,
Même les profondeurs de mon éternité,
Pour ta perfection et ta félicité. »
— Quand des religions les diverses doctrines,
Ici, sont bien de l'homme et là, sont bien divines,
Ici, sentent l'erreur, là, l'humaine raison,
Sont, aux yeux des croyants, aliment ou poison...
Chacun croit ce qu'il veut, sans craindre que la flamme
Des bûchers d'autrefois sépare sa pauvre âme
D'un corps ayant subi l'horrible question,
Avant d'être brûlé par l'Inquisition...
Salut ! salut ! doux siècle où coule notre vie !
Pour nos tristes aïeux ces temps, dignes d'envie,
Auraient été le ciel, une félicité...
Et, nous y respirons en pleine liberté.
Mais, revenant soudain à l'œuvre proposée,

Terminons, en deux mots, notre thèse épuisée.
Cette œuvre est le salut, que signalent des faits
De l'esprit et du cœur, mais surtout des bienfaits.
On ne saurait trop tôt, avec l'Être suprême,
Faire un pacte de paix, ainsi qu'avec soi-même.
Quand votre heure a sonné, quand il vous faut partir,
Et qu'une main de fer s'ouvre pour vous saisir ;
Quand, tout ce qu'ici-bas vous offrait quelques charmes
Semble couvert d'un voile et répandre des larmes ;
Quand l'air pur vous étouffe et qu'un nuage obscur
Vient ravir à vos yeux l'aspect d'un ciel d'azur ;
Quand, des spectres hideux, des remords, vers rongeurs,
Se dressent devant vous, au nom d'un Dieu vengeur...
Oh ! ce n'est point alors, quand on cesse de vivre,
Qu'on peut se convertir et commencer à suivre
Le vrai sentier du ciel... Puissent, selon mes vœux,
Tous les pauvres mourants être à jamais heureux !
La vie est bien rapide, et quand elle est remplie
La tâche du salut devrait être accomplie.
Cette tâche achevée, heureux est notre sort,
Et la félicité nous attend à la mort.

L'HOMME

A L'ÉCOLE DE LA VIE.

ou

L'IMMORTALITÉ DE L'AME

~~~~~~~~~~~~~~

L'enfant longtemps apprend, sans qu'il puisse compren-
L'importance de ce qu'il est forcé d'apprendre ;   [dre
Durant des mois, des ans, son unique savoir
N'est rien que désirer et vivement vouloir ;
Ses regards suppliants, ses soupirs, cris et larmes...
Ses vifs trépignements et ses vives alarmes,
Disent tout ce qu'il sait ; et, s'il suit son instinct,
Que de mal il peut faire, en faussant son destin :
De mille objets divers toujours il est avide,
Et de tout jugement son esprit paraît vide.
Pourquoi tous ces objets, qu'il touche ou qu'il peut voir,
Lorsqu'il veut en jouir, ne peut-il les avoir ?
Pourquoi ne pas jouer, le cœur plein d'allégresse,
Quand de jouer partout, un vif désir le presse...
Comme tout ce qu'il voit dans les bois, dans les champs,
Courir, sauter, voler et suivre ses penchants ?
Pourquoi la blanche main et les yeux qu'il adore
Ayant brisé son cœur, le font pleurer encore ?
Pourquoi, malgré sa peine et ses cris déchirants,
Déjà, le séparer de ses tendres parents ;

Le livrer aux rigueurs que l'usage tolère,
Dans des lieux qui, pour lui, sont comme une galère,
Un lieu de pénitence, une triste prison,
Où, tout doit offusquer sa naissante raison?
Pourquoi faut-il, hélas! quand l'heure hâtive sonne,
Qu'une sévère voix, dont le dortoir résonne,
Crie, et puis crie encore : « Il ne faut plus dormir,
Vite, qu'on se réveille, et sans se rendormir,
Qu'on se lève, s'habille, afin que l'on travaille? »
Il s'éveille en sursaut et de peur il tressaille.
Pourquoi, tout ce travail, pendant deux fois trois jours
Accompli chaque soir, mais augmentant toujours?
Pourquoi tant d'autres faits, que par milliers l'on compte,
Dont l'enfant grandissant, ne peut se rendre compte?
Si, doucement guidé, par un sage Mentor,
Son esprit s'éclairant a pris un noble essor ;
S'il suit le bon chemin, que lui montra sa mère,
Déjà, le jour se fait et tout n'est plus mystère.
Plus tard, il comprend tout, l'apprécie, en jouit ;
Il en connaît le prix ; son cœur s'en réjouit.
— Par rapport aux travaux de sa longue existence,
Notre esprit, pauvre enfant! se croit en pénitence,
Esclave dans un corps qu'il doit soigner, nourrir,
Sujet à mille maux, et qu'il voit dépérir.
Il ne peut s'expliquer pourquoi, sur cette Terre,
Il se heurte partout, contre quelque mystère...
Pourquoi l'inimitié parmi les animaux,
Guerre à mort dans les airs, sur terre et dans les eaux?
Et ces sanglants combats, que se livrent les hommes,
Malgré l'état prospère où maintenant nous sommes?
Pourquoi le mal moral? Pourquoi surtout la mort
Et les mille tourments du plus malheureux sort?
Pourquoi les passions, les vices et les crimes,
Dont tant d'infortunés sont les tristes victimes?

Pourquoi tant de mortels éclairés, généreux,
Partout faisant le bien, sont des plus malheureux...
Tandis, que tout sourit et semble être propice
A tant d'êtres méchants, vils esclaves du vice?
Pourquoi, partout là-haut et partout ici-bas,
Tant de profonds secrets que je n'aborde pas?
Notre esprit, dans le cours de sa noble carrière,
Voit moins dans l'avenir qu'il ne voit en arrière,
Et ne peut s'expliquer pourquoi le Tout-Puissant
Veut qu'il use des corps, qu'il dépose en passant,
Et que toute souffrance, épreuve de la vie,
En le rendant meilleur, de progrès soit suivie...
Mais, au delà du temps, et quand Dieu le voudra,
Tout ce qu'il doit savoir, alors il le saura.
— Dans le corps qu'elle habite et qu'il lui fallait prendre,
L'âme est comme à l'école, afin de bien apprendre.
Les mondes, les soleils, qui peuplent l'univers;
Notre admirable globe et ses règnes divers;
Tout ce qui vit, se meut, se trouve en existence...
— L'univers matériel et l'univers qui pense —
Rien ne peut,—on le sait,—exister, se mouvoir,
S'il n'est soumis aux lois de l'éternel Pouvoir...
Tout, dans cet infini, monde télescopique,
Et dans l'autre infini, monde microscopique,
Tout! même l'éternel, tout-puissant Créateur,
Tout obéit aux lois du grand Législateur.
— Les études de l'âme, immenses, douces et belles,
Sont Dieu, ses univers et ses lois éternelles;
Ce grand-livre est ouvert et placé sous nos yeux...
C'est l'insondable mer, c'est la hauteur des Cieux!
Afin de posséder ces trésors de science,
L'âme doit acquérir une énorme puissance;
Des efforts continus, pendant des milliers d'ans,
Pour en venir à bout, seraient insuffisants.

Pour un instant, portons nos regards en arrière :
Des savants de tout temps, morts dans cette carrière,
Admirant les travaux couronnés de succès,
Comptons, si nous pouvons, les immenses progrès,
Et tous ceux qui se font à l'époque où nous sommes ;
Ceux de l'Académie et de tous nos grands hommes ;
Chacun de nos savants, sur le seuil du trépas,
Dit que, dans cette voie, il n'a fait qu'un seul pas.
Un seul pas ? Mais quel pas ! Un univers de gloire,
Trésor de ce mourant, brille dans sa mémoire.
Les millions de faits des langues qu'il apprit :
Lettres, syllabes, mots, tout ! tout s'y trouve écrit ;
Tout ce qu'il pense et sait... tout art, toute science ;
Tout ce qu'il dit, écrit, dont il a conscience...
Tout est peint en lui-même ; il l'en tire au besoin,
Y joint mille trésors qu'il y classé avec soin...
Que de riches tableaux ! quel immense musée
Se trouvent dans un coin de l'humaine pensée !
Quand le savant, qui suit le terrestre parcours,
Du pénible trajet voit terminer le cours ;
Lorsque d'un corps usé, triste et bien lourde charge,
Un Dieu bon, tout amour, doucement le décharge ;
En quittant, sans regret, le terrestre attirail,
Emportant avec lui le fruit de son travail,
Il s'endort plein d'espoir de poursuivre l'étude,—
Son seul bien,—pour laquelle il a tant d'aptitude.
Si le brûlant désir de l'immortalité
Dont le Ciel a doué toute l'humanité,
Besoin partout senti, n'était qu'un beau mensonge,
Une humaine utopie, enfin n'était qu'un songe ;
Si notre tâche, à tous, finissait au trépas,
Dieu nous aurait trompés... mais, Dieu ne trompe pas !

PARIS.—IMPRIMÉ CHEZ BONAVENTURE ET DUCESSOIS,
55, quai des Augustins.

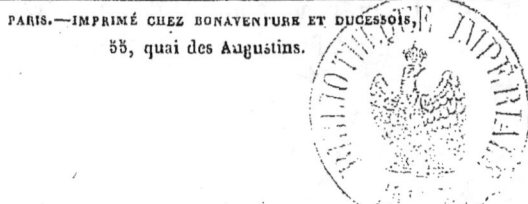

PARIS.—IMPRIMÉ CHEZ BONAVENTURE ET DUCESSOIS,

55, quai des Augustins.